Raily
el
valiente

Esta edición no hubiese sido posible sin el esfuerzo de Marta Martinez Farré, Sara Puerto, María Fernandez, Michael y Natalia Benjamin y María Rengifo. Gracias por tomar el tiempo y esfuerzo de traducir y revisar Raily el valiente.

ISBN 978-0-9992340-1-3

Ilustrado por Zachary Kline. Diseñado por Federico Neira.

Impreso en Canadá.
PRIMERA EDICIÓN
Primera impresión, 2018

Cameck Publishing
3306 Coachman Road
Wilmington, DE 19803
www.rileythebrave.org

Para mayor información sobre descuentos especiales y envíos, visite www.rileythebrave.org.

Raily
el
valiente

Escrito por Jessica Sinarski

Ilustrado por Zachary Kline

 CAMECK PUBLISHING

Éste es **Raily**.

La mayoría de las veces,
Raily es como sus amigos.

Conduce su patineta muy **rápido** como Travis.

Hace **muchas muecas** como Jorge.

Le gusta comer **miel** como a Sofía.

Y pinta cuadros muy **bonitos** como Ernesto.

Pero algunas veces se siente DIFERENTE.

Hay algunas cosas confusas de su pasado
que son difíciles de expresar. Sus amigos no saben
que a veces cuando piensa en el pasado,
Raily se siente **confundido**.

¿Pero sabes qué?
Hay algo más que
sus amigos no saben...

¡Raily es MUY VALIENTE!

Cuando era pequeño, Raily era valiente
como un **puercoespín** espinoso,
manteniéndose alejado de los osos grandes y
de las criaturas pequeñas.

Raily era valiente como una **ardillita** astuta,
escondiendo mucha comida
por si acaso no tuviese más.

Raily era valiente como un **tigre** aterrador, usando sus garras para ahuyentar a otros animales.

Algunas veces Raily era valiente
como un **camaleón** inteligente,
camuflándose para que nadie pudiese verlo.

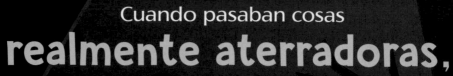

Cuando pasaban cosas

realmente aterradoras,

Raily aprendió a ser valiente

como una tortuga fuerte y resistente.

Se escondía en su caparazón para
que nadie pudiese hacerle daño.
Raily intentó no depender nunca más de la ayuda de nadie.

Pero ahora… Raily está aprendiendo
nuevas formas de ser valiente.

¡Ahora él puede ser valiente como un

OSITO!

Está aprendiendo a distinguir a cuáles animales puede acercarse con **seguridad** sin ser espinoso como un puercoespín.

Las criaturas buenas son amables y atentas.

Las bestias buenas no te harán daño ni te amenazarán.

Los animales buenos no te pedirán que guardes secretos.

Los buenos amigos y las grandes criaturas te ayudarán a sentirte seguro.

Raily está aprendiendo que siempre tendrá suficiente comida. Él puede ir a buscar zanahorias cuando quiera.

Incluso puede llevarse una manzana para los largos viajes en automóvil (de ser necesario).

Raily está aprendiendo a usar sus palabras para expresar a los demás cómo se siente, especialmente cuando sus sentimientos comienzan a crecer

¡ME ENOJO MUCHO
cuando te vas al trabajo porque tengo mucho miedo de que no vuelvas nunca más!

Bueno, sé que no es para tanto decirle a alguien que te sientes enojado, triste o asustado, pero Raily no siempre tuvo esta posibilidad, por lo que es un gran problema para él.

Raily también está aprendiendo que no tiene que camuflarse como un camaleón. Puede reír, jugar y ser un osito **genial**.

¿Estás listo para
escuchar algo

REALMENTE

VALIENTE?

¿Estás SEGURO?

De acuerdo, te lo contaré. Aquí está lo más valiente de todo: Raily está aprendiendo

(bueno, está justo empezando a aprender)

a ser valiente al pedir ayuda

en lugar de esconderse en su caparazón.

Está dejando que las criaturas grandes y buenas
tengan un lugar importante en su corazón
en lugar de mantenerlas fuera.

Epílogo (para adultos)

Para aprovechar este libro al máximo

Raily el valiente fue diseñado para que "criaturas grandes y buenas" y "pequeños ositos" valientes lo lean juntos. ¡Busquen una silla acogedora, tomen una cobija caliente y disfruten! Maestros, este libro es una herramienta poderosa para mejorar la inteligencia social y emocional de los niños. También puede ser usado para crear un entorno informado sobre el trauma en clase. Trabajadores sociales y terapeutas, traten de leerlo en voz alta tanto a los cuidadores como a los niños estando juntos.

Raily el valiente está diseñado para leerse a manera de drama, con muecas y voces, y al mismo tiempo sincronizado con la experiencia del niño. Tal vez su osito solo pueda soportar que le lean unas cuantas páginas las primeras veces. O tal vez el niño solo se enfoque en la capa de Raily o el tarro de miel. ¡Eso está bien! – disfruten del momento compartido y vuelvan a intentar leerlo en otro momento. Raily siempre estará allí, listo para ayudar a su niño a darle sentido a su mundo complicado y doloroso.

Cerebro Superior/Inferior

(Véase El cerebro del niño - por Daniel J. Siegel y Tina Payne Bryson)

El cerebro tiene dos sistemas operativos: El modo de acercamiento social ("cerebro superior") y el modo de defensa ("cerebro inferior"). Al nacer, el cerebro inferior es el sistema operativo en funcionamiento. Este sistema está a cargo de sentimientos de supervivencia, como el temor y la ira. El bebé llora (porque incluso las burbujas de aire se sienten amenazantes para la vida de un recién nacido), y los padres amorosos lo mecen y tranquilizan, y tratan de satisfacer las necesidades del niño. Se requiere miles de repeticiones de esta llamada y respuesta para comenzar a construir vías neuronales hacia un sistema operativo más avanzado, el cual es el cerebro superior.

Cuando algo traumatizante le sucede a un bebé o a un niño pequeño, especialmente la pérdida de un padre biológico, él se adapta a su vida peligrosa al fortalecer y usar su cerebro inferior. Pero al usar el sistema operativo inferior, no puede encontrar conexiones sociales, confianza, o seguridad. El cerebro inferior ni siquiera tiene acceso al lenguaje – ¡a excepción del tipo de lenguaje que no desean escuchar! Para poder establecer relaciones y poder mantener la calma, cada osito necesita "criaturas grandes y buenas" de confianza para encon-

Usamos el cerebro superior para:

- Establecer relaciones sociales
- Resolver problemas y enfrentar desafíos
- Controlar impulsos y emociones fuertes
- Desarrollar empatía
- Tolerar frustraciones y aburrimiento
- Jugar y disfrutar de la compañía de otros
- Aprender, analizar y cambiar

trar el camino de regreso al cerebro superior. Des-
afortunadamente, cuando los niños pierden la
conexión entre el cerebro superior e inferior, es
normal que los padres hagan lo mismo. Así que
el pequeño niño pierde la razón y tanto el padre
como el niño terminan en el modo del sistema operativo inferior. Esto hace que ambos
queden atrapados en un ciclo de defensa
y desconfianza.

Así que, ¿cómo se puede romper el ciclo? El incremento en el juego de
padres con hijos, uso de comunicación no verbal, una mirada afectuosa
y un acercamiento amable, proveen una oportunidad para que todos
puedan regresar al modo de cerebro superior. A pesar de tratar con un
tema muy difícil, este libro es lúdico y accesible, con la esperanza de que
ayude a aquellos que lo lean a fortalecer su cerebro superior. Esto provee un estímulo para ambos, tanto a los cuidadores como a los niños.
En lugar de continuar con el ciclo de defensa y desconfianza, ambos
pueden disfrutar del momento de conexión – un momento compartido
usando el cerebro superior. Y para ser honestos, allí es donde queremos
pasar nuestro tiempo – conectados y aprendiendo, sintiéndose felices
y seguros.

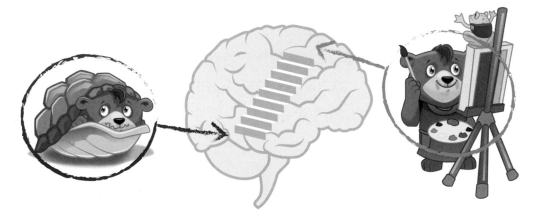

"Ceguera de seguridad" y "sentido de seguridad"

(Véase Brain-Based Parenting por Daniel A. Hughes y Jonathan Baylin)

"¡Pero mi hija ha estado a salvo por años!
Ella solo está siendo obstinada".

Es común que los niños desarrollen "ceguera de seguridad", manteniendo estrategias defensivas (ej. peleando, acumulando, retrayéndose, inmovilizándose, etc.) por años después de establecerse en un hogar permanente y amoroso. Es increíblemente desafiante para los cuidadores desarrollar y mantener compasión por el niño cuando estas defensas irritantes están presentes. Quizá sepan en su mente que ella aprendió a rechazar y "manipular" en lugar de confiar y cooperar. Quizá incluso se den cuenta de que este es todo un esfuerzo para sobrevivir a amenazas,

a las heridas profundas y pérdidas desgarrado-
ras, pero a la vez es muy agotador.
Abrazar y aceptar esos sentimientos enormes en su corazón
es difícil. Raily el valiente provee
una oportunidad para ayudar a
los adultos compasivos a reco-
nocer "ceguera de seguridad".
Raily nos ayuda a convertir al-
gunos de los conocimientos
mentales en conocimientos
del corazón a medida que com-
prendemos el origen doloroso del
comportamiento frustrante (y dañino).

Mientras comienzan a apreciar los sentimientos del niño, la mejor ma
nera de comenzar a reducir comportamientos dañinos es usualment
incrementando el "sentido de seguridad". Muchos niños que han tenid
experiencias traumáticas a temprana edad rara vez se sienten seguros

Es tentador decirle al niño "¡tú estás bien!" cuand
está sobresaltado y esperar seguir adelante. Lo
padres y profesionales que se sinto
nizan con las necesidades detrá
de las conductas indeseables ge
neralmente encuentran más alivi
a largo plazo. Por ejemplo, aunqu
ustedes saben que una oficina o la cas
de un amigo es segura, su pequeño quiz
necesite tomar un recorrido las primera
veces que la visita.

n cuanto al acaparamiento de comida y debido a sus experiencias a temprana edad con el hambre, el niño puede no confiar en que ustedes roveerán alimentación. Él necesita acceso a comidas saludables, acurruarse después de un festín, y mucha paciencia cuando su inseguridad en uando a la comida sale a la luz durante los años. Mientras más el adulto n la vida de este niño esté dispuesto a sincronizarse con sus llantos de uxilio, más "sentido de seguridad" se desarrolla. Más "sentido de seguidad" conduce a menos interacciones frustrantes y dolorosas, y una vez nás, ¡eso es lo que todos realmente deseamos!

Abrazando al puercoespín

"Él solo necesita cambiar su comportamiento, y entonces estaré listo para conectarme con él. No quiero recompensar mal comportamiento".

Muchos de los consejos para padres y libros para niños sobre cuidado de uérfanos y adopción funcionan mejor para niños que han desarrollao un sentido de seguridad y autorregulación. Eso puede ser muy difícil para niños que han experimentado traumas a temprana edad. A menudo estos niños han vivido a través de eventos aterradores y pérdidas incluso antes de haber desarrollado habilidades de comunicación. Ellos seguramente no tenían las habilidades sofisticadas de razonamiento y procesamiento de un cerebro adulto para ayudarles a darle sentido a sus experiencias.

Como resultado, ellos tienen una ventana muy limitada de tolerancia para sobrellevar emociones y conversaciones difíciles. Es tentador decir lo que hemos escuchado tantas veces: "usa tus palabras". Pero siendo realistas, puede que ellos todavía no tengan las palabras para expresar lo que están sintiendo, y tienen que confiar en que sus palabras son importantes, lo que probablemente no sucederá rápidamente si sus llantos infantiles no fueron tratados como si importasen.

En lugar de depender de que su niño cambie, traten de usar esos momentos irritantes como una oportunidad para crear conexión. Sé que es difícil, pero ésta es una oportunidad, una vez más, para conocerlo con ojos cálidos, ponerse a su nivel y decirle "Cariño, parece que estás teniendo un momento de puercoespín. Lamento que te sientas de esta manera, estoy aquí contigo". Pueden usar menos palabras e intentar otra vez más tarde, diciendo: "Me pregunto si te sentías un poco inseguro, parece que estabas tratando de usar esas espinas de puercoespín para protegerte".

Si él puede recibir un abrazo en ese momento, ¡genial! Si no, quizá puedan entrelazar los dedos meñiques o poner un brazo alrededor de su hombro y juntos salir de la situación. Aunque no lo crean, simplemente abrazaron al puercoespín. Siéntanse dichosos – ¡abrazar criaturas espinosas no es un logro pequeño!

¡Disfruten!

Lo que más importa de todo es disfrutar a su osito. No será posible todo el tiempo, pero ahora se tienen el uno a otro y la oportunidad de compartir una historia. Así que, mientras leen este libro, traten de graznar como Travis o hacer caras graciosas como Jorge.

Tomen turnos haciendo su mejor pose de superhéroe. Disfruten esos pequeños momentos de risa, diversión y disfruten con su pequeño osito valiente. ¡Luego regresen pronto por más diversión!

¿Únase a
la aventura!

•• Encuéntrenos en f e 🄾 @rileythebrave ••

•• Para más información y actividades, visite www.RileytheBrave.org ••